– Si j'ai bien compris, c'était drôle ?

RÉALISATION GRAPHIQUE : MARC PRUDENT

CET OUVRAGE A ÉTÉ ACHEVÉ D'IMPRIMER
EN FÉVRIER 2014 SUR LES PRESSES
DE L'IMPRIMERIE TBS, LA BUONA STAMPA SA, À PREGASSONA
ET SALVIONI SA, À BELLINZONA.

DÉPÔT LÉGAL : MARS 2014

IMPRIMÉ EN SUISSE

Pour Alexandre,

L'AIR DU TEMPS

Amicalement,

Micaël – Paris, 2014.

LES CAHIERS DESSINÉS

COLLECTION DIRIGÉE PAR FRÉDÉRIC PAJAK

PHOTOGRAPHIE DE LEA LUND

DU MÊME AUTEUR CHEZ LE MÊME ÉDITEUR :

Un Argentin à Paris, 2010.

7, RUE DES CANETTES – 75006 PARIS

ISBN : 979-10-90875-23-4

MICAËL

L'AIR DU TEMPS

PRÉFACE D'OLIVIA RESENTERRA

LES CAHIERS DESSINÉS

PRÉFACE

Tilly, le 10 janvier 2014

Cher Micaël,

Depuis quelque temps, je songe à faire une expérience. Le procédé, très simple, est le suivant : on introduit deux hommes dans une pièce dont la porte, par la suite, reste close. À l'intérieur de cette pièce, deux fauteuils et une table basse. Posés bien en évidence sur la table, deux verres accompagnés d'une bouteille de vin, et des dessins. Je précise tout de suite que ces dessins, Micaël, ce sont les tiens.

Bien. Le cadre étant fixé, l'expérience peut commencer. Après quelques secondes d'hésitation, les deux hommes prennent place autour de la table. L'un se cale au fond de son fauteuil, croise les jambes (qu'il a fort longues) et balance son pied avec ostentation ; l'autre, les jambes écartées, les coudes appuyés sur les genoux, se penche vers l'avant (signe qu'il se tient prêt à bondir, si la situation l'exige). Tout naturellement, c'est lui qui saisit en premier l'un des dessins. Il le tient à deux mains, l'observe, esquisse un sourire. Il a compris, il sait de qui on parle : ces gens, désespérés et suffisants, qui ont une théorie sur tout, il les côtoie tous les jours. L'autre l'observe du coin de l'œil : un homme qui sourit seul est toujours suspect. Il passe nerveusement la main dans sa chevelure, réajuste le col de sa chemise. Il se décide enfin, se penche vers la table basse et prend lui-aussi un dessin : un homme coiffé d'un foulard, très entouré, déclare qu'il est un « artiste raté maudit ». L'artiste en question a vraiment l'air désolé. Pour ne pas être en reste, notre homme éclate de rire et laisse échapper un « comme c'est bien vu ! », car son beau-frère est plasticien.

Les deux hommes lèvent les yeux pour mieux goûter cette toute nouvelle complicité qui les lie à l'artiste... — toi, Micaël, toi ! — et leur regard rencontre le regard de l'autre, assis à la même table. L'un soupire :

– Notre époque...

L'autre poursuit :

– Oui, notre époque...

– Triste.

– Égocentrique.

– Et pas qu'un peu.

Ils sont d'accord, et ça les rend mélancoliques. Du coup, ils se taisent. L'un décide de déboucher la bouteille. Au moment de porter le verre à ses lèvres, l'autre fait la grimace :

– Pas bon, le vin.

– Non, ça me fait penser...

– Mmmmh ?

– La fable de Schopenhauer, sur les porcs-épics.

– Connais pas. Ça donne quoi ?

– Pour résumer, il y est question d'un groupe de porcs-épics qui tentent de se protéger du froid en se serrant les uns contre les autres. Mais, plus ils se rapprochent, plus ils sentent leurs piquants...

– Forcément.

– ... Ils sont donc obligés de s'éloigner les uns des autres. Mais ils ont de nouveau froid. Alors, ils recommencent : ils se rapprochent et ils s'éloignent, jusqu'à trouver la bonne distance, celle qui leur permet de se tenir chaud sans pour autant se faire mal.

– Eh bien ?

– Eh bien quoi ? Vous ne voyez pas le lien avec ces dessins ? Mais ça saute aux yeux !

Non, l'autre ne voit pas. Il boit une gorgée de vin. Le froid, les piquants, tout ça, oui, mais pour le reste... À moins que... Mais aucune trace de porc-épic sur les dessins, il en est certain. Il tente :

– La société...

– Oui, la société !

Il s'enhardit :

– Les gens...

– Bien sûr !

– On ne sait plus vivre ensemble.

– Le vivre-ensemble ! Nous y voilà ! Toutes ces femmes obsédées par l'amour, les bras croisés, sur leurs canapés...

– Ces écrivains mondains, ces demi-puissants...

– Personne n'aime plus personne. Et on se le dit ! On ne prend plus de gants ! Tenez, là, si je voulais, je pourrais très bien vous dire que votre compagnie m'ennuie.

– Et moi, que je vous trouve pédant.

– Tout à fait.

Silence.

– Et qu'est-ce qui nous en empêche ?

– Une certaine idée de l'élégance, peut-être...

À ce moment-là, Micaël, je ne sais pas ce que tu en penses, mais je verrais bien la lumière diminuer peu à peu dans la pièce, et, tout à coup, nos deux hommes auraient les traits tirés, ils paraîtraient fatigués. L'un chercherait peut-être encore à conclure. Il dirait :

– Les gens sont décevants.

Tandis que l'autre, soulagé d'avoir enfin compris Schopenhauer, n'ouvrirait plus la bouche.

Et chacun de vider son verre en guettant la porte des yeux.

OLIVIA RESENTERRA

DANS LA RUE

– L'actualité, qu'est-ce que ça passe vite !

– Des optimistes comme moi,
vous n'en trouverez plus jamais !

– Regardez ! Le bonheur ! Le bonheur !…

– Si l'espèce humaine doit disparaître, on lui aura peut-être fait gagner un peu de temps.

– Désolé, chère madame, j'interroge ma banque !

S.V.P,
DONNEZ-MOI
DE QUOI VOUS
ENVIER

– J'adôôôôre le métro !

– D'un côté, je stresse à mort, et de l'autre je ne fais rien !

– Ne dites plus rien, j'analyse !

– Attention, il y en a un qui sourit !

– Je sens qu'on va trouver des choses à se dire…

– Oui, Robert, l'opinion publique, c'est moi !

– J'ai fini par vivre à mi-temps.

– Mes prédictions sont terriblement pessimistes,
mais j'ai peur de me tromper.

– Je cherche à me débarrasser de mon mode de vie très américain…
Vous m'en proposez combien ?

« À consommer de préférence avant de lire la liste des ingrédients. »

– Je vous rassure, tous nos produits sont surgelés.

– Ça y est, mon chien a arrêté la viande.

– Il m'absorbe tout mon stress.

– Ah, un test sur le bonheur… Tu es prêt, chaton ?

– Rejoignez-moi immédiatement dans mon voyage introspectif !

– Que celle qui est venue en retard se dénonce !

– Je vois un risque de fortes précipitations dans l'après-midi d'hier.

– Vu d'ici, j'ai peur d'avoir l'air complètement insignifiante.

INTÉRIEUR JOUR

– Ta passivité me dégoûte, Louis !

– Tu pars comme ça, sans penser à te retourner ?

– Tu te rends compte, mon mari me trompe avec mon amant…

La question
du
territoire

– On rentre chacun de son côté ? Ok, je vous suis, Mireille.

– Ça t'ennuierait de partager le monde ?

– Non, papa ! Ne zappe pas !

– Je te préviens, j'ai le dernier mot, et je peux m'en servir à tout moment !

– Et après, t'as prévu quoi ? On baise ???

– Le « moitié-vide », c'est pour qui ?

– Et si on faisait un enfant ?

– Attends un moment, je finis juste de lui dire bonjour !

– Dépêchons-nous de vieillir, Georges !

– Dionysos ne répond pas !

– Plus il est virtuel, plus il m'attire.

SORTIE

AU BUREAU

– *Je vois que vous cherchez à prendre une initiative, monsieur William ?*

– On va se répartir les tâches : d'un côté, ceux qui ne feront rien, de l'autre, ceux qui n'auront rien à faire…

– Oh, un sourire !

– L'idée que nous avons retenue, c'est de repousser l'objectif le plus loin possible.

– J'ai bien fait de vous attendre, je voulais juste vous dire que je n'allais pas trop tarder avant d'enfin m'en aller.

– Si vous démissionnez immédiatement, je vous épargne votre réponse !

– Préparer un plan de licenciements, c'est du travail.

– J'ai tout perdu : ma maison, ma voiture, ma femme, mes enfants, mon chien, mes amis… Il me reste mon conseiller financier.

– Rassurez-vous pour vos placements. Nous sommes sur un taux d'irrationalité extrêmement faible !

– En ce qui concerne votre investissement,
nous ne parlerons pas de « risque » mais d'« aventure ».

– Vivement un boulot, que je puisse planifier mes RTT !

– À qui le tour de ne rien dire ?

– Parle plus vite, j'ai pas le temps de t'écouter !

– *Au final, cette ambiance cool me stresse complètement !*

AU LOIN

– Attention ! Il y a ceux qui adoptent un air normal :
ils sont très faciles à détecter…

– J'ai fait de l'argent mon élément naturel.

– Tu sais, les kilos que j'ai perdus récemment,
c'était dans ma tête.

– Je compte jusqu'à 2500 et je me retourne sur le ventre…

– Ça nous fait combien de jours à profiter, en tout ?…

– Flemmarder tout seul, ça va, mais à deux, c'est fatigant.

– C’est un peu long.

Ici la vie est trop chère,
les gens sont agressifs,
l'air est horriblement pollué.
C'est déprimant !
On est impatients de rentrer...

– Pour un séjour réussi, ne vous éloignez pas trop des clichés.

– Nous partons à la recherche d'un réseau.

– Pour t'approcher d'eux, tu n'as qu'à utiliser le zoom.

– Ici, le guide nous recommande de parler à l'habitant.

– Pour repartir à zéro dans la vie, s'il vous plaît !

AU POUVOIR

– Soyez naturel, toute notre crédibilité est dans le protocole.

– Je ferai de vos suggestions mes convictions profondes.

– Voulez-vous une bonne question à me poser ?

– Cette porte-parole est bien ma seule interlocutrice.

– On a économisé combien de mots jusqu'à présent ?

– Si je n’étais pas si peureux, les gens auraient peur de moi.

– Les conséquences de cette catastrophe dramatique sont irrémédiables. Une fois de plus, la nature se montre parfaitement inhumaine.

– Nous n'avons rien appris de nos erreurs, pourvu que nos électeurs ne l'apprennent pas !

– Pas de promesses, mais des actes ! Je vous le promets !

– Enfin on a gagné notre combat…

– Ce qui va évidemment donner lieu
à de nouveaux conflits.

– Toute cette humanité livrée à elle-même !

– Ils ont voté pour nous… Et maintenant ?

– Ça y est, nos services l'ont identifiée : c'est la majorité silencieuse !

– Et maintenant que ceux qui sont contre les élections lèvent la main !

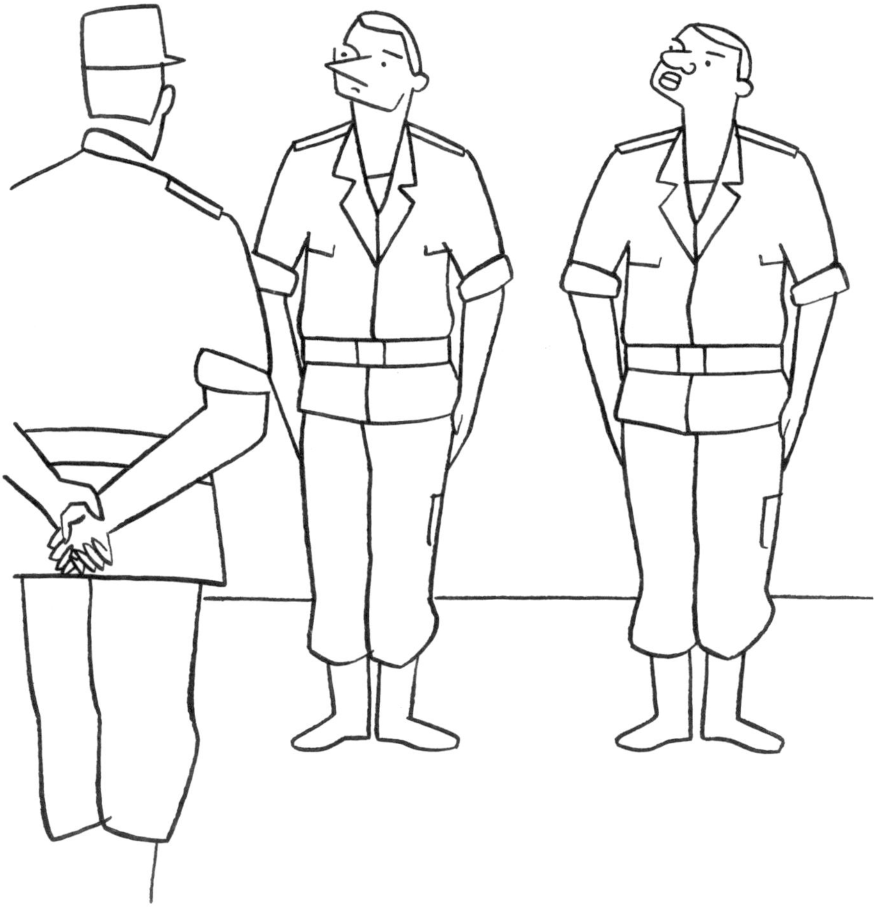

– Selon la nouvelle hiérarchie, c'est à vous d'obéir et à moi de me taire.

– Sachons user avec parcimonie de nos forces disproportionnées !

– Et maintenant : soyez créatifs !

– Ils réclament un nouveau système alors que l'actuel n'est pas encore périmé !

– Ne nous fions pas à la trop bonne qualité de l'image !

– Attention, on nous signale la présence d'un paranoïaque !

– Selon nos statistiques, 91 % des Français n'ont jamais été contactés par un institut de sondage.

– Cher monsieur, je crois bien qu'on va miser sur les quatre autres sens.

– Nous ne permettrons pas qu'ils réforment tout ce que nous voulons changer.

– En signe d'amitié entre nos peuples, nous vous remettons notre version ultralimitée du Petit Livre rouge *!*

– Nous ne négocierons ni avec les pays retardataires ni avec les pays avancés !

– Pour développer mon leadership,
j'attends votre feu vert.

– Un discours éloquent se passe de paroles.

– Être sans cesse caricaturé, passe encore, mais ne plus être caricaturé du tout, c'est insupportable !

– Augmenter les impôts ?
Enfin un programme innovateur.

– En dehors de cette frontière linguistique, nous ne répondons plus de rien !

– On en a marre d'être représentés par des clowns.

AU MUSÉE

– C’est une copie fidèle, signée et datée.

– Je suis un artiste raté maudit.

– Je vous rappelle que l'idée du collectif est de moi !

– Naturellement, j'ai une justification conceptuelle qui va avec.

Mon dessin s'arrête là où commencent les commentaires des autres.

– Tous ces détails… je me demande ce que ça cache.

– C'est le Centre Pompidou qui nous envoie.

– Je voulais te présenter un collectif de jeunes avant-gardistes… dommage qu'ils soient en retard.

– Il est où l'artiste ?

LITTÉRATURE

– Je suis à toi, inspiration !

– Vous décrivez des personnages dont vous semblez tout ignorer. Je m'y suis complètement retrouvée.

– Mes adeptes sont tous des esprits libres.

– « De la paresse », c'est un bon titre.
Ne cherchons plus.

– Prenez donc la liberté de me faire rire…

– Ma créativité est arrivée à sa fin…
C'est le sujet de mon prochain livre.

– C'est vrai, je suis d'accord avec moi.

– Apportez-moi de quoi improviser.

– Je peux en dire du mal inlassablement :
c'est son seul mérite.

– J'ai écrit le dernier chapitre sous l'emprise d'une batterie faible.

– Et pourtant, il y en a plein qui ont trouvé l'inspiration.

– Je les ai connus quand ils étaient hauts comme ça !

– J'ai perdu mon temps à le lire, et c'est sur ce point que je voudrais insister.

– Et si, au fond, c'était un philosophe médiocre ?

– J'ai fait de l'ennui mon passe-temps préféré.

– J'ai adoré votre livre ! Vous dites exactement ce que je veux entendre !

– On a assez parlé de moi, parlons de ce qui me concerne.

– Pour écrire l'histoire de ma vie, j'ai dû me la raconter.

– *Votre* Traité de l'amertume *m'a procuré une immense satisfaction !*

– Il n'est pas question pour moi de me lever, tant que la discussion n'aura pas pris un peu de hauteur.

– *La parution de votre* Éloge de l'optimisme *est encore reportée.*

– C'est un récit sur l'apocalypse, il faut juste que je trouve la fin.

CINÉMA

– Ah, voilà un film qui donne envie de savoir ce que la critique en a pensé !

– J'ai surpris mon public avec quelqu'un d'autre.

– Toute cette démesure pour que personne ne s'endorme.

– Mais ce qui m'a échappé dans votre film, c'est le rôle du spectateur.

– Eh bien, je crois que nous n'avons plus rien à lui dire.

CINEMA
mon Oncle
un film de
JACQUES TATI